初见集

章丽美 ◎ 著

光明日报出版社

图书在版编目（CIP）数据

初见集 / 章丽美著. -- 北京：光明日报出版社，2023.12

(青青子衿/唐杰主编)

ISBN 978-7-5194-7684-7

Ⅰ.①初… Ⅱ.①章… Ⅲ.①诗词—作品集—中国—当代 Ⅳ.①I227

中国国家版本馆CIP数据核字(2024)第013348号

借着万物的翅膀，让自己飞翔起来
——章丽美诗集《初见集》序

◎ 连占斗

章丽美要出诗集了，此事我期待已久。我一有时间就会催促他们，包括章丽美，要出版自己的诗集。章丽美写诗歌，也写散文，甚至小说，什么文体都去尝试。其他文体的文章我读得不多，更多地读她的诗歌。章丽美的诗质朴而不华丽，平淡而不奇异，章法也平凡而不突兀，像一股山泉水，清澈而甘甜。她追求小诗歌，写小事物、小人物、小境界，却往往写出大美和大情怀来。

在地方篇里，章丽美写身边系列事物之美，从而挖掘出心灵之宽厚。写大田的事物，写她所熟知的事物，随手拈来，写的是她内心的宽敞与从容。比如《静静的均溪》，"曙光来临之前／均溪就从遥远的地方奔来／流出一个个村庄／和一座安静的小城／太阳把溪水和溪边的事物一起照亮／似乎均溪和小草一样,只是报春晖/渐渐地喧闹,让原本安静的更安静/溪边花儿自由绽放,溪水举荐春阳的温暖/白鹭映溪影闲步,溪水举荐青山的翠绿/而那爱人频频微笑,溪水举荐爱的伟大和永恒/打开心胸,清扫内心的杂草和迷茫/让均溪在体内静静地流淌/每一条血管,拥有母亲河的模样",本诗所呈现的是诗人心胸的宽厚之度。章丽美这首《静静的均溪》是多年前的作品,却一直被我记住,因为它写出了一位诗人心胸的宽度与厚度,写出了诗人的内心与外物的和谐之美,悠然之趣,母性之慈。均溪河穿过大田县城,当地诗人都写过,甚至一写再写。但呈现出来的意境不同,所入诗的意象也各异。因为,均溪河只是外物而已,而诗人要呈现的不是物,而是情怀,是诗人独特的感受与感悟。章丽美这首《静静的均溪》写出的是"拥有母亲河的模样",写母亲般的河流,写出它像母亲的宽厚与慈祥。第一节定位于流出的"村庄""安静的小城"。第二节抓住"太阳把溪水和溪边的事物一起照亮",突出了"安静"二字。第三节,具体的意象铺开,"溪边花儿""白鹭""青山的翠绿""微笑"等都那么柔和、那么悠然,得出"溪水举荐爱的伟大和永恒",大词"伟大和永恒"水到渠成,不会让人感到虚空。第四节从外物写到诗人自我,突出自我生命的感受,"打开心胸,清扫内心的杂草和迷茫/让均溪在体内静静地流淌／每一条血管，拥有母亲河的模样"，来个画龙点睛，突出意旨，全诗的立意便跃然纸上。本诗物我相融，内心世界与外物世界浑然一体，品味和谐，不会让人感觉突兀与粗糙，这是成功之处的体现。本诗没有精妙的构思，没有怦然的句子，没有独特的顿悟，却让人过目不忘，那是因为，诗人写出自己的宽厚情怀，写均溪是外在的，写它的"静"，写静中之宽厚与坦然才是实。是的，诗歌就是我们内心情怀与外物的一次偶然相遇、一次完美的结合。我们不能错过外物的一次次美丽现身，它可能就是一次诗意的伟大降临。

在节气篇里，章丽美立足于节气所沉浸的事物，外写事物的品性，内写心灵的真实世界，写心灵的饱满。比如《立冬的山谷》，"三五只小鸟成了主人"，以"立冬的山谷渐渐空荡"突出空与静的气氛，"归去的，像老伯，稻子／过冬去了／回来的，像小鸟，风／过冬来了"，一来一去，进行对比，把农民的操劳呈现出来，而冬天可能就是休息的时光吧，在诗人的坐标里，山谷就是农业的坐标，也是农民的坐标。"冬天，山谷空着／像一种纯粹且实诚的等／真实，巨大，饱满"，诗人塑造出"山谷空着"的形象，却突出"饱满"来，一空一满，给诗歌拓展出巨大的空间来，而且是真实的空间，是农村的情怀与空间。一个从农村走来的诗人，对农村、对农民的眷念与颂扬,是如此之深刻。是的,诗歌是不可言表的,它一直都用意象说话,在这里,在节气篇,章丽美一直成熟地运用着。

在节气篇里,诗人与亲人共同"面朝大海,春暖花开",把情与爱隐藏起来,构建面向未来的时间坐标。以《清明,写给父亲》一诗为例,本诗是清明节写给父亲的诗,写亲人的诗很多,但要写好来,写深来,写出个性来,章丽美是有所探索的。"想念父亲的好,一年胜一年","如果他在/可能偶有拌嘴/他一定想我们/念及可爱和美好/爱,一年深过一年""父亲没表扬/没有批评""他总比从前更高大,更懂得疼爱",对逝去的父亲的美好回忆是无限长的,几天几夜也讲不完,诗人概述出来父爱的伟大,却是那么简单,"父亲没表扬/没有批评",这是对农村父亲形象的高度概括。想念更是深沉的,"这个清明,父亲那里热闹/这里,灼热的怀念/经久不息/和父亲约定,都安慰好各自的世界/面朝大海,春暖花开",灼热的怀念,经久不息,这情感是何等之深沉,但诗人又是笔锋一转,与父亲虽然天各一方,但都乐观豁达,都在"面朝大海,春暖花开",都在坚信未来更美好,这是诗人立意的高明与突破,不拘泥于想念之痛,而是展现信心。

在绘景篇里,章丽美写众多普通的事物,却构建出一个个印象深刻的立体空间来。比如,《三角梅》一诗,写三角梅是亲人,写它的孤独,"南方,梯田、远山、炊烟/和三角梅,都是亲人/在哪儿见面,微微撼动孤独",在我们身边,处处都是三角梅,正如处处都是亲人一样,这是隐喻手法,确实不凡。接着,她深度构建三角梅的意象与意境,"清晨,或傍晚/成片成片的鲜红,燃烧着废弃时光/饱含愉悦,执着热烈/大地被感染了,一面面旗帜般地竖起",是的,诗人抓住它的本质,即"燃烧着废弃时光""一面面旗帜般地竖起",三角梅的品质个性丰满,而且正面,诗人又用"鲜红"与"黄蕊"颜色之叠加,"纯真"与"热情"情感之叠加,"抱着""竖起"与"声音"触觉与听觉之叠加,加深了它意象的丰满,最后拟人的手法完美收官,"在江南,三角梅是邻里故交",这样的邻里故交,每一个人都喜欢吧。

　　在情致篇里,章丽美立足于时代的潮头,通过系列观察与感悟,把内心之美奉献出来,给时代,给社会。以《醒来》为例,写未来,"在梦想里茁壮成长";写伟大的时代,"如鱼得水,鸟借风";写大米,"喜悦,送到每家每户";写大地,"幸福,高高矗立于每一座山峰巅";写天空,"描绘宏图"。这是什么样的情怀呢?祝福、赞美、憧憬,把时代的光芒接到万物之中,天地之下,人间角落里,她就是时代的代言者。不妨把全诗欣赏一遍,满满的正能量,多么振奋人心："雨，醒来/恰好落在焦渴的树心/葳蕤，在草树背后等候/阳光，醒来/恰好照亮梦的芽尖/未来，在梦想里茁壮成长/人们，醒来/于伟大的时代/如鱼得水，鸟借风/大米，醒来/领着粮食，扫荡饥饿/喜悦，送到每家每户/大地，醒来/捧出希望，交给四季/幸福，高高矗立于每一座山峰巅/天空，醒来/各个姓氏，描绘宏图/骄傲，来自万物繁华昌荣"。

  当然，章丽美今后的诗歌道路还很漫长，我希望她多找准切入的角度、多聚焦发力点、多运用恰当的修辞手法，让语言更富于张力，拓宽更加诗性的空间，闪现出诗歌瞬间的光芒，让自己的诗歌道路走得更远。

2022 年 6 月 1 日于大田

（连占斗系中国作家协会会员、福建省三明市大田县作家协会主席。）

目录
CONTENTS

地方篇

002　我在大仙峰，我为祖国写首诗
003　我在大田，我为祖国写首诗
004　大田吊桥
005　大田镇东桥
006　静静的均溪
007　北洋崎
008　银杏树
009　孝道故里
010　武陵人的"十八潭"
011　武陵那把"星星之火"
012　采撷济阳灵动诗句
014　济阳山寨子的风
015　济阳的桥亭

016　村口的老树

017　华兴印象

018　通驷桥的印象

019　杞　溪

020　横　坑

021　仙　峰

022　三阳的油菜花

023　屏山的雪

026　屏山茶园

027　大儒，我的故乡

031　父亲的爱

032　向母亲汇报

034　雨　水

035　如意桥

节气篇

038　春天盛大，唯有热爱

041　春语绵绵

042　立冬的山谷

043　立　冬

044　来自季节的信笺

045	清明节的深处
047	民俗里的诗意
049	与屈原的距离
050	乡　愁
051	端午里的孤独
052	集美的端午
054	端午粽
055	我的元宵
056	清明的怀念
057	立　春
058	中秋思怀
059	小　寒
061	中秋与我的交情
062	秋天的乡和村
064	乡间四月
066	冬至·雨
068	大　雪
069	九月，秋分
070	七　月
071	小　暑
072	清明追忆昌政
074	清明里的父爱
076	清明，写给父亲

078　大　雪
082　白　露
084　立　秋
086　春之小令
090　时令小诗·二月二龙抬头（组诗）
092　惊　蛰
094　初冬随记
096　小雪遇见感恩节

情致篇

098　醒　来
100　雨下在我的小说里
102　大田杜鹃那抹红
105　父　亲
106　女子的称呼
109　灿烂的生命
111　读书时光　钥匙
114　离别的车站
115　致友人
117　拾图记
118　阳光长满新芽

119　汗　水

120　三明与范方

121　落日城头饮酒

122　守岁的女子

123　漫步老路

124　夏的念想

125　"孝"字

126　母亲的信念

127　小水沟哗哗响

128　一树桃花结满桃子的寂寞

129　抱膝的女孩去哪了

130　云雾曼妙的村庄

131　挂在学校走廊的钟

132　河流去了大海

133　蛙鸣和萤火虫结伴而来

134　瓜架下的目光

135　散步的黄昏

137　听取蛙声一片

138　游子的归来

139　茶的归来

140　冰清玉洁

141　一行白鹭上青天

142　让藤爬上屋檐眺望

143 　晨　读

144 　早　操

145 　一句诗的时光

146 　等

147 　怀　念

148 　最后那一夜

绘景篇

150 　三角梅

151 　风信子

152 　玉兰花

153 　樱　花

154 　水仙花

155 　禾苗在田里

156 　荷花在池塘

157 　树上的蝉

158 　一架绿萝

159 　脚

160 　痒

161 　针　眼

163 　荷·时光

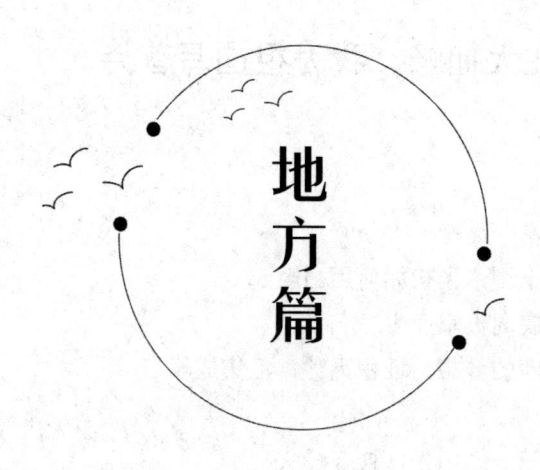

地方篇

我在大仙峰,我为祖国写首诗

岩城第一高峰,大仙峰
沙石土壤,当初如何用力隆起
从海底向天空而生
一粒沙的梦想,堆积无数,汇集成峰

岩城第一缕阳光,挂在峰尖
一抬头,看到光明
像航母的风帆,坚定着方向
雾气和白雪,一首首战歌
守护着大地四季和人们的饱暖

山高我为峰,登上顶
一米多的个子
此时,高过所有山峰
祖国的隆起,让所有人
包括一只蚂蚁,活得敞亮尊严

我在大田,我为祖国写首诗

均溪河,流向闽江
满怀,两岸的山川

大仙峰,站直腰板
眺望,更远的远方

高楼,拔地而起
地里深处,无限肥沃

时间,一大把
是谁把它们解放出来

事物的美好,大胆了起来
在城市和农村晒太阳

大田吊桥

2000 年,去赤岩
吊桥会带你去
铁锁为骨,木板为肉
像极了一个无惧风雨的摇篮

吊桥,总会遇见风
她一般请河为她代言
桥下,有一小岛的芳草
一帘半米的瀑布,可以偷偷说话

后来,有了南山桥,吊桥的影子瘦了
人们不再靠近,只远远地眺望
吊桥彻底藏进了均溪河底
总有人用渔网打捞
用钓线钓
少有人能获得吊桥当初的影子

大田镇东桥

穿过千年的岁月
来看我
那一路的艰辛
比粗壮的石条,还重

登上桥顶,是爬上父亲的肩膀
风景,这里独好
想起,风雨只是来滋润
远行的水,蔚蓝的天空,来来去去

夏夜,萤火虫,蝉鸣,明月
都在这里,那些对话,在吉祥寺里解析
我一盏灯般地来去,除了欢喜,还是欢喜
一座城,就在这里过往

静静的均溪

曙光来临之前
均溪就从遥远的地方奔来
流出一个个村庄
和一座安静的小城

太阳把溪水和溪边的事物一起照亮
似乎均溪和小草一样,只是报春晖
渐渐地喧闹,让原本安静的更安静

溪边花儿自由绽放,溪水举荐春阳的温暖
白鹭映溪影闲步,溪水举荐青山的翠绿
而那爱人频频微笑,溪水举荐爱的伟大和永恒

打开心胸,清扫内心的杂草和迷茫
让均溪在体内静静地流淌
每一条血管,拥有母亲河的模样

北洋崎

原始森林
一行人穿越过,脱下皮鞋
凭借着解放鞋和木拐杖
用密度很强的几小时
捡到一个被遗忘的历史村庄,几帘瀑布
还有几场雨,在客串

归来的沉默
只是畅快地喝酒,放肆地划拳
行囊里鼓鼓的
除了疲惫,还有坚硬的隐秘

银杏树

早听说,银杏树在广平
后来见了,竟没魂似的记着

树干一再被撑大,上千年的阳光和雨露
叶子金黄得纯粹,是粮仓,更像解救贫困的金子

银杏树,只几棵
枝条像苍鹰,张开巨翅挡住风雨

银杏在广平,灿烂了一年又一年
像故乡。风一吹,他处的银杏都不停地回望

看了广平的银杏树
再也没想过看其他的银杏树了
即便见了,也忘了

孝道故里

孝道,像一口很深的古井
不问来处和去向,人人都在饮

像火,照出一个个故事
照亮了一颗颗温暖的人心

那故事,像稻米
天天咀嚼,融入一颦一笑里

那光亮,像爱
弥漫在空中,绵延了一代又一代

武陵人的"十八潭"

寻去,有如柳宗元的《小石潭记》
细对,似喜宴香槟酒,杯杯醇香

春探,淙淙流水唤醒石崖杜鹃
秋访,静思溪流映秋叶微醉

偶遇,一温婉女子,光着脚丫,石间慢行
阳光,从崖间飞下,穿过枝丫,斑驳得诗意

武陵人沿溪上,会得陶渊明笔下的豁然开朗
携得鸡犬相闻归,尽在武陵大石百束九村间

一个"桃花源",养活了万千中国心
一处"十八潭",隐在深山人不识

武陵那把"星星之火"

那个最初的最初,灯火如豆
那个后来的后来,阳光灿烂

羊肠小道,有林志群提灯的身影
点亮山间,盏盏
繁星渐次,点点
映红了天边,太阳就升起来了

春芽顶起大石头瞬间,大地醒了
一盏灯撕开黑暗,人间亮了
一阵风吹过,灯火传遍了每个角落
一座革命英雄纪念碑,凝固了那段岁月

站在红色的土地上
阳光从天上和地下一齐照过来
皮肤上的暖和心灵上的暖
成就了一派春暖花开的大好景象

采撷济阳灵动诗句

（一）

上海老屋，清泉汩汩
一瓢，饮下恬淡和初归时安然
院子里的花草，长着归隐者的领悟

阳光落在老街，照亮了一行行文字
写着人来人往，一群接着一群
把时光踩进石缝里，一街的阳光是记忆的花香

山寨在老街的山上，故事长期居住
无关风雨。坐在颓废矮墙上，哪怕一句话也不说
总有人，借着呼呼的风声说着陈年旧事

古村落归于沉寂，济阳却灵动
泉水，汩汩，嘻嘻，哗哗，不问过往，乐着
养了一溪温润，两岸七彩，古桥和老树

（二）

有阳光也好，院子坐着安详

地方篇

下点小雨，巷子的诗意和乡愁就绽放
每一种意境，都可以找到故乡

竹林再茂盛，不及姑娘的心事
漫步山间小路，时不时吸入淡淡炊烟味
彳亍着，安静的村子时不时遇见古老的繁华

梦里，常回
总那么怯，抓了溪水的清凌，丢了篱笆的宁静
小心路过，别惊了乡愁，漫天芦苇

济阳山寨子的风

山寨子站在村子中央
用一座山垫脚
举起的红旗,唰唰地响

东侧的太子楼高过围房和正楼
神秘。冬天的风像扫荡
踩木地板脚步声吹远,只剩下洁净一长席风

读书时的青春年少,还在
风一吹,醒了,老树的绿叶
当地人又一次聊着山寨

不管夏天还是冬天
山寨子的风最深厚,像江,像海
住在那里,是横渡,是遨游

济阳的桥亭

济阳的溪水,隐在
两岸。草木茂密是盈盈清水

桥亭一站,溪在,有河
欢呼奔放成瀑布,豪迈

养了一个村庄,不舍的绝唱
隐居久了,必定飞扬

桥亭边,老树古道连篇
桥亭里,茵茵默默安然
桥亭下,豪言壮语久挂涯前

一村的依依不舍
一村的送行祝福
建筑了桥亭,拦不住溪流的梦想
偷偷放走,梦想一下子呐喊出瀑布的模样

村口的老树

济阳村口的老树
一扎根,就是上千年
一站直,就能同日月星辰聊天

默默地站着
似乎在送,远行
又像等,归来

它守着村口
看着村里人一个个回到儿时的村庄

华兴印象

初见，那只麻雀
彳亍深山
如今，已是凤凰
舞动峰峦

那时
小径，孩童画不直的细线
泥土，抱住鞋子
此时
大道，飘带领舞着群山
土壤，织就一片片锦缎

见过华兴，倚门回首带羞模样
怎知时光，调教出贵气优雅风范

通驷桥的印象

廊桥，藏着历史
挡着，风和雨
一副饱经风霜、深爱过的模样

春天的草木，里外三层地围着廊桥
露出的飞檐，像梦想
深沉的静默，在思想

一遍遍地阅读，心事
渐重，屋椽有吱呀声
走过，遇见了桥上好些梦想

廊顶雕花跑到眼前
着迷。久久地，纠缠于何人技艺
哪怕流水大声提醒着，通驷桥

桥的那时
四匹马，并行过
如今
一人走过，都想轻些、再轻些

地方篇

杞 溪

溪流，本就是根瓜藤
有一段，就得结个果子

杞溪，结了个金果子
通驷桥

品一口
就到了古朝里徜徉

横　坑

适合带兵，一览无余
适合赏云和雾，尽收眼底

把太阳、风雨、梦想、人生
统统请来，还不足填满

其实，只是个村庄
统一齐整的向上模样，让人另眼相看

仙　峰

水，流出曲线
峰，日夜对镜梳洗，真就了顾兮，盼兮

桂林，不曾造访
早就暗许，仙峰这村庄模样

三阳的油菜花

那年春天来过三阳
油菜花，灿烂
从此，每年都要开放

油菜花一开在这里
心像饱胀的花骨朵
如快要窒息般争抢着
绽放。可时间不紧不慢
打开这一朵，才到那一朵

淙淙的流水向油菜花
一遍遍宣讲，早年的故事
油菜花总是要跟春天
浪迹天涯
哪怕攥得再紧，舍不得绽放
从来不曾忘记说再见
就像，今天这一面隔了整整一年

屏山的雪

（一）

山上，雪的喧嚣
频频敲窗，天一亮
那点洁白，号令千军万马
朝圣般，宁静和欢喜

南方，等一场雪
比一辈子还长
每年冬天，凭栏远眺
过尽千帆皆不是

雪来
陪着
冷暖是一起的，天地和人生是一起的

雪，一件件棉袄
捂久了，自然暖和
春就立了起来

（二）

一场雪，醒了
大仙峰，和大小山头

沉默的雪，在长篇大论
人生哲学，生活散文，公正评论
来者，进入高峰论坛

雪栖息在山巅，城里大街小巷都醒了
像立春，消息在土地深处奔赴
心灵。枝头的一个芽
鼓胀着，希望和喜悦

2018年立春，用一场雪
向世人汇报

（三）

屏山，大田常在这招待雪
大仙峰，日出日落和云海都是常客

地方篇

北方的雪集体出动,游览南方站直的山
我用一宿的期待,赶上那盛事

那般亲密,拥抱着这片土地
没任何声音,只是紧紧地,三天三夜了
说句话吧!沉默成了最透彻的交流
像坏孩子般打闹,打不破雪地的圣洁

屏山的茶山,栈道,古堡客栈
挤满了细细密密的特殊游客,像赞礼
怎么来,坐几路车?如此盛大的场面!
大时代就这样悄然,你我毫不知情

沉默对着沉默,洁白对着洁白
一群高贵的客人,唤醒主人的高贵
此时"屏山"二字,洁白无瑕,晶莹剔透
让心隆起到大仙峰的高度,那雪会常来

屏山茶园

阳光一出来
屏山如一大茶壶,冒着
香气,盈溢大田版图

樱花的甜,加点
炊烟的味,顺带着
蓝天,清澈如泉
空气,心肺全解放了
一喜欢,形容词接二连三地跟来
拦不住争先抛头露面
即便沿途的轻音乐和茶里的禅味

本该宁静
内心热闹了起来
泉水叮咚、茶叶拔节
阳光打坐,大地轻鼾

屏山茶园
一园子的阳光、白云和清亮的风

大儒,我的故乡

(一)

故乡,聚宝盆模样
上帝赐予一个孕育生命的子宫

群山绕出一臂湾
盆底,阳光蓝天千顷
四周,群山连绵起伏
足以
看尽日月星辰,风云雨电
精彩纷呈,望尽远方的远
天那么近,像知己,与自己相互偎依着

(二)

村子,除了长粮食
还是粮食
梯田,汗水灌溉
盈盈,盛着繁星和明月

蔬菜、瓜果像微笑

一串串，一个个可爱鲜亮
母亲一心记挂着，圈里的和地里的
其余剩下沉沉的睡眠

芦苇得了母亲招安
陪着她，天天清洁家什
树木得了父亲的宠爱
成为他，手头的家具
老屋，装着那段岁月
安静地老去，一座接一座

故乡，门窄了，窗小了
小路也睡意蒙胧，草漫进眼眶

儿时手心萤火虫，一直亮着
天一黑，月亮和星星就来
小狗蜷在脚边
蛙声和虫鸣总在睡前响起
直到沉沉睡去

晨鸣，满村子此起彼落

一村子的事物
还有晨雾,朝阳
一一醒来

(三)

盛夏,禾苗正抽穗
守田头的旱烟
升起,由着当日天气的光线塑造

山交给树,勾勒和点染
水泥路是扎在每一座山腰
彩带,飘出时代的韵味

这里的四季
精心打扮着故乡
有人在远方日夜思念

河流,养了鱼虾
得鱼之乐
群山,育了花果

若无其事地轮回

老屋,领养了燕子
像我们儿时进进出出
可以搬一把椅子
坐一晌午,回到从前

父亲的爱

父亲爱不爱我
他没说

我能感觉到他的爱
深厚,一直漫出臂弯

十岁前,他坐在身边,没说
十岁后,他站在天上,不能说

一个父亲的爱
在血管里流淌,不停歇

父亲总抽着烟,一朵紧跟着一朵
我们时常在烟雾下乘凉

不管父亲在不在,爱一直在
只是,我不知该朝哪个方向叫"爸爸"了

您的女儿拥有一种幸福
一想起您,总有个声音叫我勇往直前

向母亲汇报
——母亲节快乐

向时光
要了点生活
向历史
要了点思考
向文字
要了点心情
向人们
要了点友情

手掌不深,只是一点
一直感恩着母亲,给这独特的生命
努力完美,即便还显得粗糙

浅浅的生活,溪流穿梭高山深林
微微的思考,像孩子的涂鸦
淡淡的心情,一朵朵云彩飘动
暖暖的友情,阳光照着开满牛羊成群的草场

用生命走马观花吧,但真实可信
知道生命个体的狭隘和局促,却唯一
如果生命有使命,会是在紧赶慢赶的路上

在到达之前会涤荡好生命，接纳路上每一份礼物

生命，依旧未能洗去褴褓中的痂尘
未开蒙般，在混沌中乱窜
那些可以用的时光，花在迷恋和犹豫中
母亲不曾责备和抱怨过
生命应有本意
那般宽厚，去欣赏世界的辽阔吧

发肤父母予，未敢有伤
四体与七孔，不曾给时间和空间的关爱
那日无意义熬夜，留给它们疲惫受伤
那日睡懒觉，不知有汉，增加它们混沌
愧意，落满大地
您打扫打扫，依旧盛上香喷喷的米饭

雨 水

春天，一次次唤醒
深处的事物，像煤满满的能量

雨水，一次次洗涤
大地和天空，交给崭新的手里

细芽，刚分娩的婴孩
大地母亲，日夜奶水哺育

粮食，在每一朵花里储藏
靠一场场喜雨打开一道道秘锁

世界，一个新字
风吹了又吹，雨洗了又洗，才正式捧出

如意桥

桥上的繁华,天上的云
来了一批又一批
像个热词,网上网下窜

母亲、朋友、市场
和一些念想,如意桥
足够宽敞,来往

那日,母亲从桥上来找我
那天,朋友在桥上想我
那晚,推着音响唱歌的
下雨天,躲雨表情各一
夏夜,纳凉的欢天喜地

或是流水带走了
或是沉到均溪河里

我知道的,总有限
因此,我是我

我不知道的，总无限
因此，世界是世界

狭隘，总活在无比宽敞里
我是在如意桥那里
还是如意桥在我这里

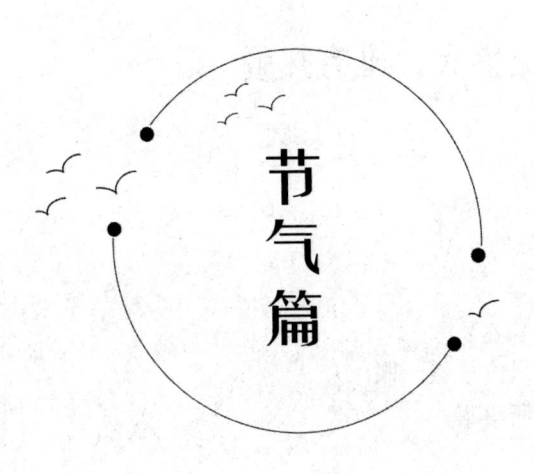

节气篇

春天盛大,唯有热爱

(一)

等候春天
似乎只为了看一眼
就无所事事

然而春天,如此盛大
种棵樱花、桃花或油菜花,迎接
再也帮不上什么忙了

柳条抽芽
玉兰花,盛开
阳光灿烂,它们都心甘情愿

目光一再辽阔
都不及春天。谷连着谷
峰连着峰

大地终究是疼爱春天的
掏心掏肺,青山绿水,蓝天白云
包括你和我

不只是绵延千里,腾空万丈
或缓或急,或前或后,织满世界每个角落
春天如此盛大,唯有热爱

(二)

春天那么美好,一切
不为取悦他人
那就,各自吧

不辜负自己
一个了不起的理由
各自的春天,美好不追慕

(三)

心灵,如果是一片土壤
春风一吹,总要茂盛
准备好接纳,包括冒失、颓废和狭隘

春天,仿若模板

那就,一年隆重地
印一回

青春,没来由地跟着爱情
春天,也不例外
如此盛大,他们唯有热爱

春语绵绵

（一）

融入春光
隐成湖水里的一个波光
一声鸟鸣,一缕柔光
皆为,心的祈祷

（二）

她不说,比说
更生动,春光浓不过深情
她不哭,比哭
更刻骨,扎根比开枝长叶更永远

（三）

风筝,在春天放飞
女孩,允了大地请求
青春,在时光里绽放
风筝,擎着女孩的心事,飞翔

立冬的山谷

立冬的山谷渐渐空荡
稻草人最后离开
三五只小鸟成了主人
经营整个山谷
溪流,清凌凌地放声歌唱

归去的,像老伯,稻子
过冬去了
回来的,像小鸟,风
过冬来了

冬天,山谷空着
像一种纯粹且实诚的等待
真实,巨大,饱满

节气篇

立 冬

冬天，夹了一根标签
雪，至少霜

立冬，一篇序言
秋阳里读到寒冷
一次次斗寒
像一少年
前方的青春，叛逆的模样
一回回左扯右拉

立冬，手机屏太滑
没留下痕迹
那糍粑味道生生撬开
冬的门
家人一桌丰盛的菜
拴住了今年的冬

立冬，初开冬卷
一场纷纷扬扬的雪做书签

来自季节的信笺

稻谷的黄灿灿,从田野到晒架
一进屋,又调皮跑到一朵朵菊花里

桂花,开在秋天
香味一直陪着走过初冬
不由得让人想起十八相送的情谊

初冬晒场,欣喜灿烂
光芒闪耀着,一道道春夏的回眸

天气日益冷,河水越发清凌
一把蓝天白云、青山、白鹭揽进怀里

清明节的深处

清明节在乡村,春天的深处
在向阳的山坡上,住着父亲和奶奶
季节在枝头上打闹,其他寂静

父亲,依旧不苟言笑
用锄头、斧头和锯子,发言
至今我还一句一句听得真切

许多文字,是他留给我的
写时,有些胆怯,手脚笨拙得发着抖
大概那是一种热爱和深知吧

奶奶的唠叨像溪流
似乎替小脚到更远的地方
去探寻

她一看到父亲,语言断流了
紧紧相依的母子,从来不说爱
他看见奶奶,大多沉默
可我看见他们内心有过激烈的碰撞

清明节的深处,除了春天
热闹,村庄、屋子都安静
他们俩静静地,过了夏秋冬过春天

人总在热闹处行走
这一天,总有些人会待在深处安静

民俗里的诗意

（一）

春节有桌饭，一起吃饺子
岁月是皮，一年的七七八八是馅儿

元宵有迎龙，上面写风调雨顺，富贵吉祥
灯下，一锅锅汤圆等人，晶莹剔透

端午的粽子有署名，内销也出口
龙舟沸腾了，有龙的河流

中秋的月，想了那么久
瘦成一块饼，甜甜的

登高的重阳，想长辈们的疼爱了
年轻烙下的顽疾，成了一代人的怀念

腊八粥喝了一碗又一碗
没有长胖，只是有点伤感

（二）

五月，粽叶飘香
包起花生、豆子、香菇

放到大江小河，煮熟
屈原亲自把握火候
和味道

他最关心的
还是百姓的口感

与屈原的距离

在他国,屈原
是每一个中国人的亲人
近在咫尺
在故土,似乎遥不可及
远在历史深处,隔着朝代的层层席帘

近点吧
其实不远的,就在追求理想国度的路上
那诗句,一叶叶扁舟
可追溯您那诗的源头
给祖国的一腔汹涌的热血

乡　愁

粽叶飘香
缕缕，家乡江中的细雾

江畔行吟
声声，母亲唤孩子吃饭

端午里的人
个个，穿着长袍紧盯着国旗

端午里的孤独

勇敢地带着孤独里奔走
雄黄酒不带,只带一下酒的段子
找寻去,填补心灵

几千年来,粽子在全球流行
五月,解开红绳线,咀嚼有棱有角的内核
除了孤独,毫无声息
若有,必定激烈,苏格拉底会醒的
屈原的龙舟,势如破竹,将打通江河血脉
又是一个丰收年

孤独,在大街小巷高声歌唱
端午的孤独,在另一维度的江边慢踱
孤独收留了屈原,定居汨罗江
任世人如何请求,有谁看见汨罗江把他送回来

集美的端午

一个人,吃粽子
孤独
粽子里,那孤独
黑金般坚硬

习惯集美的端午
鼓一响,龙舟的姿态
把所有的岸,站满
不再让屈原,独自踯躅

路漫漫,其修远兮
到星星之火,可以燎原
走在复兴大道
看凤凰花开

端午
每一粒米
每一朵浪花
都无比强大

打通各种壁垒

海峡与岸,山与海
人世间,和平
爱与自由

端午粽

粽子怎么放
都是一座高峰

沿着捆绑的线
攀登

触摸到粽叶、大米和花生的营养
探不到峰尖的高度

峰脚下,云稠密成海
龙舟,年年打捞

一桨桨的波光
闪着永恒的昌盛和繁华

2021 年 6 月

我的元宵

元宵,很旧很旧
爷爷的爷爷的爷爷,闹过
元宵,很新很新
明天的明天也到来
我在新旧中,徘徊
去,久远的旧里
还是,遥远的新中

元宵灯,一亮
灯下的人们,旧了
回去,一千年前,红楼梦里

音乐和叫声,响起
今春的芽尖般,全新了
齐刷刷的一街,灯都是新的

思绪挤出人群,打开
曾经的念想,新滋生的心情
交浊,在脸颊眉梢
泛滥,正如一树树元宵灯

2018 年 2 月 27 日

清明的怀念

儿时,清明在柳条
柔软、青翠
如少女的长发

如今,湍急的流水
怀念一座桥
像跳动的脉搏
怀念父亲

从前,怀念只是怀念
如今,一怀念就哭

从前流泪,忘了很多事
如今流泪,想起很多事

一直以为自己是浅薄的
怀念时,才知那么深不可测

那多年来的爱与温暖
怀念,那一艘蚱蜢舟

立 春

那是一扇门
桃花、梨花、杏花
关在那里

燕子、蜻蜓、蝴蝶、青蛙
落在那里

草色遥看近却无
绝胜烟柳满皇都
生在里面

欸乃一声，山水绿
立春大门打开了
风绿，雨柔，人笑
一切自由了

中秋思怀

佳节,总把思绪片片挂起
风微微吹动,叮叮当当响个不停

明月,总把心海照个透亮
穿梭云间,海般往事影影绰绰,难说个明白

故乡,最是思念
整晚都适合发呆,一遍一遍怀想

小时候的玩伴,都走散了
月光下的她他呀,正在当初离别的地方呼唤

童年里的妈妈,那扎花的长辫子去哪了
那饭香,在那个乡村里久久飘荡

回家的孩子,四处寻找
能找到儿时丢的那根英雄牌的钢笔吗

中秋饼,都像苍穹间的那轮明月
每一口,都像画饼充饥般突围

小 寒

（一）

小寒，梅花打开了一扇扇门
遇见了久不见的人
一个热情洋溢的人
一个勇敢脱俗的人
一个满脸微笑的人
大部分人嫌弃冬天
梅花却包容——寒冷
孤独和无边的肃静

梅，再一次包容着
冬天里的一切，包括我
想起那人，像梅点亮冬天
温暖着一颗颗迷茫的心

（二）

小寒，宜酒
这样的句子里，住着一个人
节气，他都在

从前在，将来也在
他会从时光长河里打起一瓢水
化作茶酒，会友
养鱼，喂鸟
浇树苗，迎接月亮

小寒，宜思念
点起篝火，煮酒
柴门，微掩
闲敲，棋子

（三）

执一烟斗
呼吸间，点出满天繁星

路人感恩
漫漫长夜，几分惬意

少年向往
神态悠然，天地开阔

中秋与我的交情

认识了几十年
不必抬头,知道明月朗照
月饼,那么甜,吃到淡了
像那枚月,一年年地收藏
最后像拭一件旧物
来不得,半点灰尘
擦出眼角清澈的液体

认识了几十年
故交般,沉默
早已经掏心掏肺
彼此透明成一缕缕月光
像左手和右手
相互抚摸,似乎没感觉
却有用双臂抱住自己的爱怜

认识了几十年
铁定,如期归来
日子被妥妥地安置在每一天
像巨轮,隆重入港
只是排去那些盈盈,思念
如今剩下那些虚位,无人入场

秋天的乡和村

有个想法,打包它们
去城市,开展厅
稻子还新鲜,果子刚分娩
小溪和青草,都是第一次被看见
竹林和树木,完全可以在展厅出现
秋天的乡和村
城市货架,永远向乡村开放

道路串起一个个乡村
像一串串果子
散养一个个自由独立的精神
葡萄有葡萄的思想
百鲜果有百鲜果的理想
稻子普世的朴素念想,不被张扬,从来不忘
那些高高矮矮的,大大小小的,长长短短
各自幸福地娶妻生子,安窝过冬

听,一声蝉
时光浮现许多经典画面
看,一溪流
童年和初恋在流淌

荷锄的老人,种下的
不只是粮食,更是精神
栽种时光的年代已经到来
秋天的瓜果,是一本本相册
藏着老人春夏里的多彩时光

打包好秋天的乡和村
让每一部手机邮寄给城市
思念

乡间四月

冬天,打扫好大地
一心等候春天的归来

二三月,春一露面
冬天频频握手

四月头一探
春把乡村占领了,不留一点空隙

再高的枝头也爬上去
再低的崖底也涂了色
瓦隙、石缝、枯枝、墙角
都占据了。就连手机、电视、电脑
也全想到。一张嘴,一侧耳
一动脑子,全是

有人,站在村头一吆喝
像枝头一朵花,一颗芽
新鲜
明亮

乡村的山和水
以整个春天为嫁妆
等候远嫁

冬至·雨

滴答
滴答
夜深了很久,对酌还在
有一句,没一句
每一个字都直达深处

一碟水饺
冬至的上等菜
每一口,都吞到古老的饥饿深潭
荡漾层层涟漪

冬至,雨下得酣畅淋漓
早先的旱土,解冻
来年麦子的脚,跑得欢
稻子的穗,畅快抒怀

滴答
滴答
晨光照亮了大地
依旧聊着
聊从前土壤一句句箴言

聊水饺蘸着佐料
养育一颗颗饱满的心
给每一个褪去黑夜的清晨

大 雪

阳光
照出它的洁白无瑕

广袤大地
高调宣扬着丰年

天际遥远
舞出归心似箭的奔赴

每一朵雪花
下进中华儿女的心里和骨子里

雪,在中国的大地
下得酣畅淋漓
因为,他们知道春天要来了

九月,秋分

阳光里有稻谷和麦子的锋芒
热烈,像正燃放的鞭炮
站在里头的人喜欢,脚下的土地也喜欢
希望,那么美好事物
喜欢,发自内心

野果子遍地,季节给的杰作
但稻粱成熟,更让人激动
因为后者烟火的香味
透着人性——爱与希望

大地和节气合作,丰收
耕作者却一直居首功
那是,他们为完美合作忙前忙后
从不喧宾夺主

秋分,金黄的不仅有金子
还有稻谷

七 月

入秋的七月,像一枚
儿时糖果

甜味,藏在舌根
只要一动念,汩汩而来

微酸,放在桌边
坐下思考,动不动蘸一蘸

微咸,挂在腮帮
像稻穗和瓜果,散步总不期而遇

微苦,隐在嘴角
像长长苦瓜上的一个个青春故事

微淡,荡在眸子里
像山上那湖日月轮流耕种的水

七月,唇齿生津
天地间的味儿
缓缓地清晰起来
适宜你和我一起,或独自品尝

小 暑

荷叶铺开
等月光、轻音和人

想念
像是一朵莲的鲜艳
远观,不可亵玩

夏天,太热
荷塘,总清凉
像儿时的绿豆冰棒
一怀想,有摇蒲扇的安宁

小暑,难免热
蝉、蛙鸣和萤火虫
一片月光,几多星星
足矣

稻子,小麦
趁着好时光
长出一生的好成就吧

清明追忆昌政

那些"假"病讯
试图改变您的形象
妄想

您依旧
健谈,开放,激情
爱,喷薄而出

渗入地名
三明,长满诗歌
深入人心
气质蓬勃在懂得您的亲友脸上

博学,亲和,大爱
微笑,常驻您脸庞
问候惠及所有人

您在那里,虽然不会再遇见
可每一首禅诗
都在谆谆教导
朋友,亲人,学生和后来人

您，从来没离开过
一想起，从好多人的心里
好多地名里，稳健地走来
满脸微笑

清明里的父爱

父亲是爱我的
从来坚信

不受世俗和现实的羁绊
陪着我
像日月,从来不曾更改

父亲,离开
我,却觉得他不受时空约束
呵护着

沉默父亲,语言显得多余
彼此间似乎有无数小桥
来来往往
懂得
含在嘴里的话语
父亲和我
在祖先共同的血液里默契

习惯了,沉默是爱的语言

我学你，选择沉默
于大自然，爱人，孩子
和有爱的整个宇宙

清明,写给父亲

三十几年前
父亲不再老去
一直握紧中年的健壮
或许担心苍老
护不住一群孩子的梦

想念父亲的好,一年胜一年
如果他在
可能偶有拌嘴
他一定想我们
念及可爱和美好
爱,一年深过一年

父亲没表扬
没有批评
更舍不得责骂
只是默默地赞许和相信
我们,也如此
他总比从前更高大,更懂得疼爱

清明节

很充实
用父亲给的身子和思想
想念
想着这世界的美好
以及滋养身体和灵魂的一切

想念父亲
这世界给予的
恰是他祝福的那样
孩子更爱长辈，用
更多的时间
更多的物质
更多的感动
这是父亲给的开悟

这个清明，父亲那里热闹
这里，灼热的怀念
经久不息
和父亲约定，都安慰好各自的世界
面朝大海，春暖花开

大 雪

（一）大雪心情

当初，喜欢雪
她洁白和晶莹
如今，喜欢下雪
会逢着一个爱雪的人

漫天大雪
彼此静静地站着
眼睛和嘴角储存着满满的欢喜
世界那么辽阔，不孤独

一直有一场雪，待下
等那个人
一直有一个人，在来的路上
等那场雪

那场雪
还等着江南的邀请
那个人
还等待轻轻一呼唤

(二)大雪,下一场

大雪,像所有节气
下一回,一年都安妥

有些地方,拜访一次
好些年后,一谈起都会笑

有些人,看一眼
一辈子安静地面对日升日落

有些人,看一眼
草木抽枝长芽,春意盎然

有些人,看一眼
储存了半辈子的粮食,一辈子的幸福

大雪,下一场
看到江河静美,疆土辽阔

(三)大雪

大雪来了,悄无声息
竹子青绿
银杏金黄
写大雪请柬的墨还未磨

大雪在手机里,下得沸沸扬扬
复制般,一贯的模样和温度
火柴般,点亮一双双眼睛
大雪已经下,只是没被看见

(四)小雪

雪,柔柔地下
像往年,在心间
穿着夏末的汗衫,在南方

洁白小雪,隐在诗词未出世
在人间,太热
宁静了一座上锁的花园

安静了所有目光

小雪，在南方悄悄路过
欣赏江南最美的春意
像一杯好喝的美人茶
已煮好，等那人

白 露

露,和闪电一样
光亮,短暂

露,和白酒一样
精华,纯净

露,和静湖一样
宁静,如镜

处暑过后,再算节气
像一个个访者
到达内心小屋或茶,或酒
或静静地独对
她的真言,留下
悄然隐去,另一节气盈门笑

春雨惊春清谷天
夏满芒夏暑相连

青草,花朵,果子
一路都以真诚的姿态示人

如今，稻子金黄
领航喜悦，在每一寸土地上驰骋

白露，汗滴
汗水结果了，晶莹剔透
睁大眼睛细看，那里有个童话世界

白露，看它
那里有个自己

白露，赏它
那是新鲜的汗滴，是新酿的白酒

白露，品它
初春扬起无边热情，回归静气

立 秋

夜间，有种凉
空调和电风扇吹不出来
温度计表达不出来
那是，一碰触的知觉

怕热的孩子盖了被子
光脚少在瓷砖学走路
小背心束之高阁了
立秋前后，家家户户收了久违的问候

稻子受命装囊，丰实粮仓
抗衡饥饿。枝上的，地下的
架子上的，厚积薄发
春夏结成一个个秋果子
藏进冬天的暖

秋天，辽阔得很
探寻者，得月，得风
得一阶凉，初透凉
得一厚德载物的地

立秋
微微凉,安安静
孩子正睡,瓜果初熟

春之小令

（一）

一动念
见的，都是记忆

四月的春，最风景
花红柳绿，从眼前一遍遍经过
到达心灵驻足

原来，只是错觉

即便再经过无数个春天
来的，都是记忆里最初的那个

（二）

春天，选择当一颗
种子。不是金子
在泥土里
经历破土而出的喜悦
蓓蕾绽放的欢愉

一缕清香乘风远行的自由

在春天,选择一颗种子
比冬天选择石头永恒的姿态
酣畅淋漓

(三)

桃李的抒情
最妙的笔也稍逊
杨柳的渲染
最浓的墨总有欠缺

春天,想了千万
不及一点红和绿表达得
入骨,入心

(四)

春天,走进一千次
没有一次重复

走了几十个春天,不知
从哪个春天起,一直复制

(五)

春天,一棵绿油油的草
一朵朵油菜花,幸福
超过柜台里最贵重的物品

(六)

清晨,一声清脆的鸟鸣
打开了春天的门窗

万物,赶趟儿溜出来
春天,悄悄儿住进去

我早该种一片桃树
让春天客居
错过的不止我一人
春深时,有许多饥饿的目光

我本该垦一块荒
让路过的春天长久居住
豆花，茄子，黄瓜、南瓜架
不让任何蔬菜和水果，错过

我本该把生命借给春天
链接天空和大地
链接想在春天里干番大事业的事物
链接山川河流
可宅的不只是身体，还有开放的思绪

时令小诗·二月二龙抬头（组诗）

（一）

时间没颜色，可二月二这天
五彩斑斓，红黄蓝绿青靛紫
任由喜欢的人，采摘

都说温暖是太阳从外到内的给予
可每个时令，包括二月二
温暖是从大地深处邮寄而来
像那棵玉兰树，从内到外地开出喜悦和希望

时间来了，无色无味
时令来了，带着整个天空和大地
那里有农事，播种、施肥、收割
丰衣足食，牛羊成群

二月二，那些挂在日历上的美好
都将回到人间，炊烟袅袅，觥筹交错
家庭和乐融融，大地瓜果飘香

（二）

孩子爸煮了一锅面
孩子欢快地吸着
孩子妈想起龙抬头，笑着嚼着
孩子奶奶絮絮叨叨地说，这面好吃
幸福的人，想当年这得多奢侈

孩子爸用筷子挑起面，像，就像龙须
大口大口地，吃着用筷子夹起的一架架面

惊 蛰

（一）

一个惊雷
可以是一句话
一次出行
一个人
还可以是一场雨

醒来的
山川河流
天空和大地
生物链
宇宙观
还可以是一种生活理念
一个美好的念头

惊蛰，唤醒美好
惊醒，沉睡的
大地，开始辽阔
天空开始布施有度

(二)

万物苏醒
包括人类自己
工具也苏醒

青草醒来
割草机也相继醒来

稻谷种子醒来
田野成片成片瞬间醒来

思想醒来
身体才会一寸一寸被敲醒

(三)

儿时,总以为醒来的都是美好的,幸福的,包括有用的
总期待明天的醒来
后来知道,一切都会醒来
因此,醒来与不醒来的就各占一半吧

初冬随记

（一）

冬天有一种渴
可以饮得咕噜咕噜响
一壶壶阳光，清澈明净

初冬的阳光照在身上
有一种"归"的思想坚硬刚毅
像黄昏的老牛，慢悠悠地踱在归途中

晒着衣物，添了啥，丢了什么
一目了然。像登顶后的远眺
歇个脚，拍拍身上的尘土，隐入日子了

冬天的阳光最显价值的
闪着山城宁静和淡雅的光泽
装一二瓶，邮寄战乱和贫困的孩子

就让衣物和盆栽装满阳光
某个夜晚慢慢品味
那将照亮春天来的路上

（二）

日子里总有些是明亮的
太阳、月亮、夜晚的灯、山上的大雪
爱人的眼睛，孩子的表情
以及安静的夜里柔软的睡眠

（三）

闲置的空屋子，有旧书
在闲置时光，从旧书寻找一些老朋友
还是那么可爱可亲可敬，聊上三五句
便安详了大半个月的时光

小雪遇见感恩节

深秋的绚丽稍停歇息
冰雪还需等些时日
端起杯茶,轻轻地品了口
看到了回到田野的宁静

小雪,二十四古老珠子之一
这颗——淡雅宁静,有知性熟女的表情

遇见感恩节,激情澎湃了起来
从小到大的人,蜂拥而来
小时候放的牛,枝头的李子
一朵小红花,群山中的云雾
包括祖国的时代,世界的和平
它们,时刻都等着我感谢
大概在小雪节气,做点小雪的事
方可感谢给予我身心和灵魂的一切

今夜,小雪
我,感恩

情致篇

醒 来

雨,醒来
恰好落在焦渴的树心
葳蕤,在草树背后等候

阳光,醒来
恰好照亮梦的芽尖
未来,在梦想里茁壮成长

人们,醒来
于伟大的时代
如鱼得水,鸟借风

大米,醒来
领着粮食,扫荡饥饿
喜悦,送到每家每户

大地,醒来
捧出希望,交给四季
幸福,高高矗立于每一座山峰巅

天空，醒来
各个姓氏，描绘宏图
骄傲，来自万物繁华昌荣

初见集
CHUJIANJI

雨下在我的小说里

（一）

5月，清晨的微信：洪水
拍打闽北宁化！
我小说里的主人公就住那里

他们正在宁化电影院，看电影
电话打不进小说里

叩开一个又一个群
寻找他们安全回家的踪影

（二）

清流，兰花的女子
绿水曾经一弯胳膊，将她抱起

美得清澈的小蓝
蹲在河边洗那手帕

当情感的洪水淹没记忆

彼此的信物漂远了

小蓝在我的小说里
我得马上续笔
引开洪水,将那手帕找回

大田杜鹃那抹红

（一）

早已没人居住了，低矮的小屋
那屋门口矗立着，"旧居"的牌子
伸开手，拔开思绪的草丛
任那魁梧的身材，重新回来
依旧安然，神情坦然
只是他，还想着明日的突围

（二）

红杜鹃的那一抹
鲜红，万人擦拭过，徒劳
她是开在深黑的夜间

我和你，看不见
绽放时那惊心动魄
勇敢和艰难
红杜鹃定开在墨色的夜晚

我和你，听不见

爆开蓓蕾的那声巨响
到那枚稚嫩的弯月,已经哑然

夜是结着冰的
夜是吹着风的
我们都裹在衣被里
闻不到那冰
触不到那冷

只是柔软的想象
坚硬的事实
引出如泉水般清澈的液体
在腮边淙淙地响

(三)

白岩山的第一声枪响
被那个文人的笔尖重新展览
我听见了
大田醒来时翻身的声音
哎!已经沉在时间里太久

唯有那枪声，方能叫醒
我听见了
烈士们年轻的心跳声
强烈的脉动载着他的
梦想，正远航

父 亲

几十年,一直站着
这骨头里的坚硬,是您给的
偶尔的酸痛,那是鼓励

大自然,一直美好着
这眼睛里的欢喜,是您送的
时而的风雨,那是提醒

人生,一直很有意义
那思想里的坚定,是您植入的
即使失意也常有,那是奖赏

留下的一切,那般美好
舍不得多占一点,哪怕那时光
女儿思念,有点咸

女子的称呼

（一）

女子，叫女孩
山间的泉水是清澈的眼神
目光所到之处，纯净，鲜美
绽放的花蕾是青葱的肢体
盈盈而立，宁静，祥和
静湖一个涟漪是浅浅的酒窝
笑意暖及山顶，触及天空的心灵

女子，叫母亲
凝神，她那般爱悄然从四面汇集
春雨甘露浇注，心灵
参天大树，成林
生命成了缕缕目光，注入
温柔话语，句句如绳索般
任孩子朝世界攀缘而去
身体如何老去，怀抱坚持不朽
佝偻了身体，双臂依旧能揽住整个世界

女子，叫爱人

如兰的气息,吹愈了病者的伤口
如阳的目光,赶走忧郁者的寒冷
如谷的胸怀,包容一个个苦难,微笑如花点点

女子,如何构成"好"字
世人用一辈子
敬仰

(二)

一再拓宽
敏锐的感官,视觉和听觉
然而,这没给予太多
永恒的幸福。忧郁与痛苦
也一样四处张扬
低下头的瞬间,还在担忧着他人

惊艳的表情
人生与世界不断出现高峰
然而,这没给予太多
持久的骄傲。柔弱与无力

一样向众人演讲
姣好的容颜,不断告诫世人要珍惜时光

时代的着装
犹如被四季明艳过的叶片
然而,这没给予太多
稳定的幸福。心灵浸在时代
像大地一样接受所有的思绪
流行的色调,一直提醒着作为一个女子的尊严

灿烂的生命

（一）

阳春
召唤生命走向灿烂
即使夜晚
一样初衷不改

花开的季节并不漫长
每一寸时光
渗透出
土壤与时光相遇的美好

心的能量
在一颗种子里沉默
一句温暖的引言
引出波澜壮阔的激情演讲

（二）

靠根部的那一寸土壤
坚定灿烂的信念

它懂，土地的广阔
阳光的热爱，才让它勇敢地绽放

春天，灿烂是主题
是否有私心，就让目光去丈量
阳光和土地，轻轻地绽放在一朵花里

读书时光　钥匙

钥匙，金色的
用一根红毛线挂在胸前
成了一条心爱的项链
直叩恩师的门，锁着
沈丛文、鲁迅、丁玲一群人
在书里讲课

钥匙，闪闪发亮
引来很多羡慕的目光
巨大的光线一再想抹去那光芒
都被反射到遥远的地方
只剩下笑容隐在云层里，看月亮缺了又圆

小心地转动着钥匙，怕碰响墙上的吉他
还好，蜂拥而入的光铺满整把吉他，弦儿安然
那弦还守住那个秘密，大声唱着信天游
歌声惊动了校园的花花草草，钥匙紧锁着大门

门锁说：两把钥匙。等着那把丢了，这把好接班
可等了一天又一天，近两年，它终于上场了
使命尤其荣耀。每个备用的日子瞬间灿烂

从此，相信天生我材必有用，未来在来的路上

古老的木门，锁住一间的才华
那天，恩师外出让春天的诗句在桌上喧闹
光洁的书页，藏的秘密特别巨大
少女的心事，好奇怎么赶也赶不掉
目光有沙沙声，真担心会惊醒沉睡了的校园广播
担心屋内的桌椅会告状，悄悄带书回宿舍
被窝和手电，与好友秘密欣赏
脸颊的红云自然可以冠冕堂皇
像红军女战士，誓守少女的羞怯
若无其事，却百米赛跑般浏览
直到书本归回到书架，方忍俊不禁地扑哧着

一把钥匙，一个书架
书架上的人物，个个优雅博学多才

老屋老了，锁还在
钥匙像古老的磁带，默默地一点一点失磁
人们住进了新楼

留下一个故事,由岁月的线
一年一年地缠,庞大过那一整个校园
双手抚摸着,依旧细腻且光滑
一根毛线挂起的项链
似乎还摇晃在胸前
而我,一直在那座古老的校园内
奔跑

离别的车站

你已经在这儿种下思念,
春雷一响,它们齐刷刷地成长
那样茂密,让人如何欣赏
那样碧绿,教人如何怀念

你已经把热情分给土壤
雨露一到,它们散发出迷人的芬芳
那么清甜,回忆像驰骋大海里的快艇
那么醉人,思念像季节走过大地

挥一挥手,左边是祝福
右边是不舍
站台眺望,目光粘住衣裳
眼睛会不停地盼望

车站,人流被你引向何方
鸣笛,思念由你领唱
双轨,让脚穿上你,心去飞扬吧
我们,一起跟对方说出心中那一句话

致友人
——给于音

（一）

11月3日，阳光灿烂
厦大门口，车水马龙
他们都朝着岛上温馨而去
然而我，朝着你而来
车如何地穿越山峰与高岭
似乎也抵不了南飞的大鸟带来的兴奋

紧张，有多年酝酿而出的味道
快乐，一则短信突然绽放的清香
幸福，多年以后一次不经意地回想
我言及他物，说自己是来欣赏普陀山的阳光
把手伸到阳光里试探温度
并且赞美，这是一个多么美好的日子呀

（二）

明天，冬天就来了
你提前从北方赶来
愣愣地盯着我

把冬天要下雪的消息
悄悄塞进我的怀里
那般温暖，那般柔软
怀里顿时春意盎然

明天，冬天就来了
你走得比它快
让我把灯拧亮，照亮下雪的夜晚
那么可爱，那般明亮
眼睛里满是花开的芬芳

你那，一围脖
你那，一盏灯
这里的冬天温暖通亮
春天将随之悄然醒来

拾图记

2012年秋天在预言里沉默了太久
如墨般，哪怕巨子之手也无济于事
唯有岁月，不紧不慢地一点一点研开
那墨意或许早在宇宙的四野迷漫
那芳香也应该在某些日子里悄然飘荡
而露出形状，任人欣赏的
或许就在这个秋天
呐喊声与内心的愤怒声汹涌着
人与人之间的温暖，忧伤的模样
山与山的眺望
在海的深处，有守候与等待
心疼，那失眠的人，除了我，还有那大自然
担忧那海涛的，除了眼睛，还有那耳朵
从忧伤中醒来，从担忧中归来
一副且看时光翻转，世事如风景翻阅
从容听闻，不着一丝表情，任尔来往
光年的时间，皆在手心流过，何须计较一个秋
地月的距离，皆在脚下，何惧踏不出痕迹

阳光长满新芽

春天,在湖边漫步
碧绿湖水荡漾出满眼生机
谁主笔?探寻间
湖边的柳树,给出一串串答案

春天,在屋前的矮凳端坐
晒太阳,风儿柔暖
谁调了温度?细思量
突然看见太阳长满鹅黄的新芽

汗 水

天空,流汗了
大地总能明白那雨拜访之意
秋天,拾掇一些土特产让它带回
人类,也学习,
总在汗水里寻找鲜花和果实
点缀那透明的时光

按时令
出汗,恰好种子要出发
个子拔高,花蕾绽放
果实要回家

不让一颗汗水
走失
映照出一幅幅大好河山

三明与范方
——纪念三明诗群范方

是三明的不舍,还是范方的难分
彼此难分难舍,半个世纪
随意说起一个名字,连着脐带般爱着

您那诗孩子,早像春笋
伏脉千里,成片片风景。
风一过,谁不向您深情致敬

静极了。竹林间
想您的历程,每次跨出
三明。都毅然转身,深情拥抱

一位伟大的诗歌母亲
养育了一批批诗孩子
然后归隐,自己和病体,直到离去

三明,不舍您是真的
您不舍三明,也是真的

2018 年 4 月 8 日

落日城头饮酒

黄昏
倚古老城墙
落日恰相视微笑
孤烟直
那烟斗还是初见

若墨情,风轻,磨不开
借烈酒一杯
让断肠滚烫滚烫,开了一回回
像犁铧深翻
不为种子
只为剪不断理还乱的过往

2017 年 5 月 16 日

守岁的女子

别睡着
星火要走向明年
或许更远

儿时的欢喜,像星星挂在天边
刚一想起,像被火筒吹亮的炭火
些许,渐渐暗淡了去

托着腮,这年发生的事像叠衣服一样理着
过一会,就要放到有锁的柜子
等待将来,哪一天,哪一个调皮的子孙翻出

烟花爆竹响起,照亮她的眼睛
眼里满是被风吹亮的火星
灶膛里时尚的炭,来自人人向往的县城

漫步老路

初冬,走过那片树林
看见叶子挂在枝头,不言不语
而我听见了声音

沿林间漫步
看见叶子铺落小径,不声不响
而我听见了声音

世界那么大
我们只是有缘

夏的念想

按往年的步骤,应该在某处荷塘
任由着荷,占据着我

陶醉在万物的深度信任
夏天。毫无顾忌地生长

我相信荷,把自己完整地交出去
回来时,一身心的微微的红晕和淡淡的欢喜

时常幻想,荷池里还有一朵
正等我,说是大自然的孩子不该辜负

"孝"字

上从老人，下从孩子
端正的孩子，稳稳地举着老人
不管现在多小，孩子
总会有一天爬到上面，当一名老人

母亲的信念

父亲以孝子走完一生
年轻的母亲选择了，相信种子
孝子播下，哪怕苗再细嫩，值着守护
几十年来，所有的困难都成了丰厚的经历
我想：那信念，是父亲的孝心种下的

小水沟哗哗响

午后，阳光融成一杯甜甜的蜂蜜水
窗子引着目光，向心灵深处漫步
一个人，想着，想着
好多事情都想通了
听见儿时老家那条小水沟哗哗地响着

一树桃花结满桃子的寂寞

桃树举办盛宴,舞池里特别妖娆
总有一个寂寞,站在窗下羡慕
日子挨着,无聊的人翻着手中的纸牌
不知翻到哪一张,屋内静极了
朝里张望,静寂一个个,已经丰满起来

抱膝的女孩去哪了

星星闪了一夜,宝石般的光
栖在,清晨的竹叶尖
那赏星星的女孩抱着膝
沿着她仰望的目光,奔跑
天亮了,看到了太阳

昨夜的繁星,想起了女孩
大概都去了远方

云雾曼妙的村庄

七仙女的白缎,连夜赶织
借睡着的村民留下的空地,铺满村庄
孩子,拖着梦的被单
走向山坡,迷迷糊糊扬着嘴笑
踩在雪缎子的一角,看那般辽阔,直铺到天边
原来,还有比母亲的绣花针和父亲的锄头
更好的工具。就明天,约上伙伴去寻找

挂在学校走廊的钟

那不太浑厚的钟声,让我两次迟到了
多次帮我逃避下地干活
一直拉着我,走向村口的路
它一响,村子的溪流和山峰静静归位

钟声把一天分割成一片片,标上名称
像阡陌交错的田野,任四季红绿橙黄青蓝紫
那口盆子大的钟,或许老了些,可声音一直新着
学校挂新的名,钟归隐了,唯那钟声在游子的耳朵里
珍藏,像一帧帧岁月的书签,精致且温暖

河流去了大海

河里有几十个石墩时,我八九岁
激流想冲走影子,薄薄小小的
贴着脚跟,很忠贞。否则,早在大海遨游

如今,河流都去了大海
石头的展厅,连着一个个村庄
开放着。每块石头上留下当年河流的激昂

出门的孩子说,长了见识就回来!
河流要是回来了,会像树,安静生长
不再急匆匆地,告别,告别

蛙鸣和萤火虫结伴而来

夏夜的家乡，蛙鸣像连到天边的席梦思
夏夜的孩子，让天性自由
用狂跑与疯叫，为蛙鸣伴奏
一闪一闪的，是孩子汗滴的光亮
是星星。回到乡间陪孩子玩

夏夜，蛙鸣和萤火虫结伴而来
像课堂，像给孩子沐浴祥光的教堂
整个乡村，受着一样的开导和洗礼

瓜架下的目光

老屋入口处有一架佛手瓜
叶子是张开的手掌,瓜是紧握的拳头
一年要吃八九个月,一吃就是十几年
目光要拨开手掌,够不着爬上墙的小拳头
入架前瓜的甜香很柔软,入架后只剩下手电光的刚强
漏过每一个最美好的时光都会心疼

散步的黄昏

乡间的路弯弯曲曲
像条明晃晃的河
两岸的农作物都歇了
栖息上面的鸟和蜂蝶
连虫子,都编织七彩的梦去了

黄昏里的余光,全都映进河里
走在上面,像踩着厚厚的毛垫子
才想踩出柔软来,溅出水花
却连脚步声都吸了进去

一茬茬的稻秆,铺在田里
干枯微黄色调里,藏着温暖
田野长了一季,自会暖三季

除了风,勇敢地弹唱
再也听不到多一丁点的声音
走在乡间的静寂里

心门都会自动敞开着
任由一座座乡房和路灯来访

黄昏是开动车而过的
夜瞬间被带来

听取蛙声一片

蛙声，故友般来访
备好，璀璨的星空
锦绣的大地

猛然间发现，春天已经消费光了
悄悄许给初夏
小荷，缀满枝头的果子
抽穗拔节的山川
一一收纳在生命的褶皱里

两三个星子，七八个灯盏
一二点雨山前
听取：蛙声一片，怎不醉个酣畅淋漓

2019 年 4 月

游子的归来

游子回到乡村,站在童年里
一种久违的味道,淡淡甜甜,从儿时的梦里飘出来
那梦有些离奇,不是自己,是大地和天空

马鞭花成群结队,把紫色的高贵举过头顶
像儿时的梦,远大和崇高,用小脚踮起
花的美被尊重和欣赏,树的成长被保护和支持

群山围起的装满宝石的篮子,可提起自由地奔跑
更离奇的是,所有人都在微笑,不觉得一丝离奇
游子回到乡村,一脚踩在童年的梦里

泪水漫过脸庞,离开了这么久,那梦独自勇敢地成长
田间被拔起丢向远洋的小花,山谷里被斧头惊吓跑的树木
比游子更早归来,恬静和安然,早回到它们内心深处

茶的归来

一片新绿，深藏着日的希冀
月的祥和，风的洒脱
曾在兵荒马乱的年代，流浪
舟车劳顿，冷眼旁观
依旧不染纤尘的模样

一小片，用水的热情引出
淡淡的清香，微微的青涩
顿解了身心之渴，渐渐漾开了温润
只长好一枚玉果，即刻闭关的决绝
一滴的精确，解万千般身心疾苦

荒山野岭的一株，房前屋后的散落
荣归故里，新鲜齐整固然好，也让隐的光芒齐照出大道
引大鸟归，虫鸣蝶舞归，清风与新鲜的空气归来
让富足和康乐归来，让禅茶的生命之悟归来

冰清玉洁

污垢
在大雨后狂欢
见者惊悸,隐在骨子里

鲜花,说不出名字
将帅
端坐,临危不惧
在春光中,冰清玉洁

一行白鹭上青天

一只白鹭飞过
有种飞鸟轻点湖面
泛出清澈和宁静
涟漪优美,缓缓地荡漾开去

一点洁白划过
犹如纯真少女不染纤尘的心思
忧愁和欢喜如春季第一批绿芽
大地和天空,都回到了最初

一抹灵动点亮
青山在画笔下厚重辽远
优美的影姿一跃入
哇!好一幅大好河山

一行白鹭上青天
遗失得太久了的诗句,猛然相逢
尖叫不如默视,握手不如嘴角微扬
儿时的它,想念得太久太久,从此日夜相伴

初见集
CHUJIANJI

让藤爬上屋檐眺望

对于追求,时光没分藤和树
树以扎根的方式,如箭般向天空飞翔
藤用的温柔方式,走上屋顶漫步遐想
用柔软的细脚记录,天的高远和树的勇敢
葱郁的藤叶不停地宣讲,生命的勇敢和世界的辽阔

藤写的时光,在屏山和鼓浪屿被人默默地尊重着
往前一步是高峰,退隐半步是温馨小城
打开柴门住下,有荷香、蛙鸣、萤火虫
陪着入梦,牵着爱人的手彳亍月下香径

微一抬颌,人头攒动的高峰,激烈论坛
屋前一四方桌,品一盏清茗,静听或参与
尽在心怀中化成汩汩感念,在血管里欢腾
慢藤的时光,一样拥有天方地阔的胸膛

晨 读

大山是一张有底纹的宣纸
晨读是一滴淡墨
日子久了,山边
有了一幅幅生动的中国画

农家是一个老旧的音箱
晨读是不断更新的音乐
日子久了,音箱小了
音乐大成了松涛、竹音的旋律

童年是一个宁静的小山村
晨读是春天呆愣愣的新芽
日子久了,新芽一直嫩着
小山村被晨读声传得很远很远

早　操

进行曲一响，教室泄洪般，鱼贯而出
偶尔有一两条，跟不上潮流，搁浅着

辽阔的"大海"寻到一个点，站出标志
同样的动作，像举手般表明类别
不一样的力度，感受自我的独特

一孩子说，我很重要，做不好，谁都知道
一孩子说，我不很重要，做好了，没人知道

一句诗的时光
——遥知不是雪,为有暗香来

像儿时藏一粒糖,在口袋
一句诗,幽藏在记忆

从此,喜欢"雪"
梅花正开,洁白
幽幽的清香,风里

后来,喜欢"遥"
远远地望着
静静地欣赏,默默地欢喜

如今,喜欢"暗"
一些人,那些事,某些景
在念想里阵阵清香

一句诗,读着,读着
泪,像丰盈的果汁溢了出来

——遥知不是雪,为有暗香来

等

心，幽居胸口
离它最近的却是
远方

等吧，等到那个人
去远方
离心近一些

怀　念

一个名字
像墙上的钉子
哪怕忘记，都会留下一个空洞

一些地方
像长在手上的纹路
很少细看，却从来清晰

时光蹑手蹑脚
不等记住，溜到天边
一年中，只三五天住在抬头纹

等待，辽阔世界的到来
不停怀念
一根针和一团棉花糖
痛痛与甜甜

最后那一夜
——沉痛哀悼昌政先生

夜可以长
长到几辈子
因为这夜过后,再也没有您的夜

这样陪着,久久地仰望
泪依旧奔您而去
先生,连这也被您吸引

夜可以很辽阔
让伟人圣人君子都来接您
让敬您、赏您、爱您的人都来送您

晚辈还写诗歌,只是不会有您的点评
三阳油菜花还会开,只是您不再去看了
爽朗的笑总等着响起,只是您全收回去了

今夜,可以无限长
十分珍惜有您的夜晚
您,静静地陪着,大家

绘景篇

三角梅

南方,梯田、远山、炊烟
和三角梅,都是亲人
在哪儿见面,微微撼动孤独

清晨,或傍晚
成片成片的鲜红,燃烧着废弃时光
饱含愉悦,执着热烈
大地被感染了,一面面旗帜般地竖起

三瓣鲜红,紧紧抱着
一小撮黄蕊,纯真地护着
江南的热情,透出了声音

在江南,三角梅是邻里故交

风信子

白净的，一大把根
玻璃瓶水里，可吸收的营养
是风。一吹
就开，彩虹般的五颜六色

风若吹进嘴，或许也能得一个绚丽

真像个梦
总是没个影，却总惊天动地

玉兰花

她绽放了节气
或是节气绽放了她

朴实安静的枝头
毫无端倪
猛然间,吐出绸缎般的娇艳
谁曾预见,那枝节里的才华

复制般,一年一年地绽放
这理性,应有几辈子的修为

樱　花

一开放，就铺天盖地
油画般
大概画家图省事
热恋，也不够如此

花，大多让叶先头打探了
可她，直愣愣地站在面前
风一吹，动容得纷纷扬扬

去看樱花，带上一方手帕吧
可以擦泪，也可包花

花间的集体盛事，还能有谁

水仙花

心里早已经买了千百回
可实际,它一直摆在店里
直到那天,一盆先开了一朵,叫唤了我

客厅全交了出来,任由开放
轻轻递了一杯水,安然等待
有了相信,从来不需要催促

应该知道,它开的是节气,与我无关
等待与不等待,它都灿烂
用微笑默许,交了朋友,平等对望

十天后,开出的灿烂,像阳光
喜讯给母亲、友人,以及心灵
为她骄傲,我们是好朋友,她开着她的模样

禾苗在田里

深夜,大雨趁人不备
涤荡了大大小小的灯光

未归的人很少,可禾苗在田里
绿油油的,茁壮成长

禾苗的赞歌,青蛙唱过
萤火虫也舞蹈过,那清风、露珠、阳光陪伴过

至于一场场雨,有时欢喜,有时忧
那一片片田会接纳一切,包括阳光雨露和黄澄澄的秋

荷花在池塘

笔墨下的荷花
喜欢。只剩下高雅和亭亭玉立
一尘不染

镜框内的荷
喜欢。仿佛看见不近不见的灵魂
特别安静

荷塘月色的荷
喜欢,那清幽和淡淡忧伤
幽居心灵

今夏的荷
特别喜欢,伸手触摸一朵朵的真实生动
救活了,内心所有的荷

树上的蝉

乡下的傍晚,一大片一大片的蝉鸣
像海。游泳般平躺在水上

有一天,蝉跑到菜谱里
满江满河的蝉鸣声,汩汩流出稠稠的忧伤

寻声而去,栖于树上像琥珀般
我想,看过就印有目光标识,可以不被觊觎

繁盛的夏天是蝉用生命叫唤来的
夏天走时,不忘把它一起带走

至于秋蝉,它有使命
唤来秋天接起夏的责任,把大地完整交了出去

一架绿萝

屋顶对面一架绿萝
密密匝匝

每次远眺，看见隐在其中的万千生命
健康、快乐，正尽情地舞蹈着

微风起，满架绿波荡漾
仿佛连着深山的碧湖，静谧、神奇、让人敬畏

每片叶子，都是一个深邃的浅湖
目光像调皮的孩子，蹚过这个，又蹚过那个

脚

母亲给我一双脚
学会了站,又学会走
后来,总是一前一后
没人在意它的意义

眼睛、脑袋、耳朵
还有一双实干的手
有一个个梦想
若脚不动
将一直是梦和想

我想
一辈子要仰仗
一双好脚
它藏着世界的远和大

痒

蚊子咬了一口
红肿,轻微疼痛的痒

蚊子是
干净地板上的一点污渍
煮饭时无盐的焦急

思念已久
却不知从何说起

突然领悟时光飞逝
却找不到抓住的把手

别人窗台的花很漂亮
每天只能看几眼

嗡嗡嗡,来了
生活不停被蚊子咬

痒,有选择
抓与不抓

针　眼

母亲最懂针眼
一手针，一手线
嘴上舔舔线
一穿而过，轻车熟路

缝缝补补里
有一家子的温暖和美好

有人拿着线，侧着脑袋
在针眼找光
门口，窗前，烛光前

年轻人，再小的针眼都会被线找到
年龄大些，仿佛再大的针眼都比线头小
右一下，左一下，像躲猫猫
只好叫那些眼神，刚出鞘新鲜锋利
线乖乖回到针眼，到达衣物上，生活里

其实，雨点是针眼，风是线
织就无边无际的雨帘

人是针眼,时光是线
织就各自人生
日子是针眼,思想是线
织就不同岁月

针眼
小至毫厘,大到天地
穿过,线不只是线

荷·时光

香，袅袅
从纯净的颜色，慢慢升起来
氤氲
溢出泥塘
山，静了下来
云，停下来

静，从一池荷的喧闹中踱出来
坐在回廊
心跳和时光行走的声音
很响
荷叶站成伞的姿态，挨挨挤挤
让那静，不染一点落寞

时光在荷那里
慢
发呆
微笑